भविष्य से आखिरी पत्र

होवसेप घहरामन्यान

होवसेप घहरामन्यान द्वारा प्रकाशित, 2026.

यह एक काल्पनिक रचना है। वास्तविक लोगों, स्थानों या घटनाओं से समानताएं पूरी तरह से संयोग हैं।

भविष्य से आखिरी पत्र

प्रथम संस्करण। 5 मार्च, 2026।

लेखक: होवसेप घहरामन्यान

पहला भाग: वर्तमान

अध्याय एक

माया का फ़ोन ठीक रात के तीन बजकर सैंतालीस मिनट पर काँपा — उसी पल, जब दस साल पहले उसकी माँ ने इस दुनिया से विदा ली थी। वह हमेशा इसी क्षण जाग जाती थी, मानो कोई भीतरी घड़ी उस बिछोह की वर्षगाँठ को स्विस घड़ी की सटीकता से गिनती रहती हो।

पर इस बार फ़ोन सच में काँप रहा था।

स्क्रीन पर एक ऐप की सूचना उभरी — जिसे माया को याद नहीं था कि उसने कभी डाउनलोड किया हो: *"Tempus"*। आइकन था एक साधारण-सी रेत-घड़ी, करवट लिए, अनंत का प्रतीक बनाती हुई।

"एक नया संदेश: माँ की ओर से"

माया का हृदय एक धड़कन चूक गया। उँगलियाँ काँपती रहीं जब उसने स्क्रीन अनलॉक की। यह कोई भूल होगी, किसी की क्रूर शरारत, कोई तकनीकी गड़बड़ी जो पुराने संपर्कों को क्लाउड स्टोरेज से खींच लाई हो।

लेकिन जब उसने संदेश खोला, तो उसकी साँस थम गई।

"मेरी प्यारी माया। मैं जानती हूँ, तुम सोचती हो यह असंभव है। पर यह सच में मैं हूँ। मेरे पास केवल पाँच पत्र हैं— सब कुछ समझाने के लिए। कृपया इन्हें पढ़ो। कृपया मुझ पर विश्वास करो। पहला पत्र कल दोपहर को आएगा। तैयार रहो। जो तुम जानोगी, वह सब कुछ बदल देगा। मैंने हमेशा तुमसे प्यार किया है। अभी भी। ख़ासतौर पर अभी। — माँ"

माया ने फ़ोन रजाई पर फेंक दिया और दोनों हाथों से मुँह छुपा लिया। आँखों में आँसू जल रहे थे, जो उस क्रोध और दर्द से घुले-मिले थे जिसे वह माँ के साथ ही दफ़ना चुकी थी — समझती थी। कोई उसकी ज़िंदगी में झाँक रहा था, उसके ज़ख्मों को कुरेद रहा था, उसकी सबसे कोमल नस को किसी मकसद के लिए इस्तेमाल कर रहा था।

उसने ऐप मिटाने के लिए फ़ोन उठाया, पर उँगली स्क्रीन पर रुकी रह गई।

और अगर...?

नहीं। यह पागलपन है।

लेकिन उसके भीतर कुछ था — एक छोटी-सी उम्मीद की आवाज़ जिसे उसने वर्षों से दबाए रखा था — जो फुसफुसाई: *क्या पता सच हो।*

माया चेन सिंगापुर में एक डेटा आर्किटेक्ट थी — उस शहर में, जहाँ भविष्य दुनिया के किसी भी कोने से तेज़ बनाया जाता था। बत्तीस साल की उम्र में वह सफल थी, अकेली थी, और अपनी ज़िंदगी के हर पहलू पर पूरा नियंत्रण रखती थी — ठीक वैसा जैसा होना चाहिए जब बचपन टुकड़े-टुकड़े हो जाए।

उसकी माँ, लिन चेन, एक तंत्रिका-विज्ञानी थीं, जो ब्रेन-कंप्यूटर इंटरफेस के क्षेत्र में एक क्रांतिकारी परियोजना पर काम कर रही थीं। जब माया बाईस साल की थी, एक सड़क दुर्घटना में उनकी मृत्यु हो गई। सरकारी कहानी यह थी: गाड़ी पर से नियंत्रण खो गया, सड़क गीली थी, दुखद हादसा।

पर उसकी माँ कभी गलती नहीं करती थीं। हर बात में निर्दोष थीं।

माया ने पिछला दशक खुद के चारों ओर दीवारें खड़ी करते हुए बिताया था — काम में डूबे, नज़दीकियों से परहेज़ करते। वह बड़े-बड़े निगमों और सरकारों को जानकारी के विशाल भंडार में संरचना देने में मदद करती, उस जगह नमूने ढूँढती जहाँ दूसरों को बस अफरातफरी दिखती।

विडंबना यह थी कि वह खुद अपनी ज़िंदगी में अर्थ नहीं खोज पाती थी।

अगले दिन दोपहर को माया सैंतालीसवीं मंज़िल पर अपने दफ़्तर में बैठी मेज़ पर रखे फ़ोन को देखती रही। सहकर्मी उसके शीशे वाले कमरे के बाहर से गुज़रते रहे, अपनी स्क्रीन और बातों में डूबे, उसकी बेचैन स्थिरता पर किसी की निगाह न गई।

दोपहर बारह बजे। कुछ नहीं।

बारह बजकर एक मिनट। कुछ नहीं।

उसने साँस छोड़ी — राहत और निराशा के अजीब मिश्रण के साथ। बेशक, यह किसी का बीमार मज़ाक था। उसे बस ऐप मिटा देना चाहिए था और यह सब भुला देना चाहिए था।

बारह बजकर दो मिनट।

फ़ोन काँपा।

"Tempus: दूसरा पत्र प्राप्त हुआ"

माया के हाथ अपने आप फ़ोन की तरफ़ बढ़ गए। उसने ऐप खोला, और स्क्रीन पर एक पाठ उभरा — उसी फ़ॉन्ट में जो उसकी माँ हमेशा नोट्स के लिए इस्तेमाल करती थीं — गैरामंड, साइज़ बारह, थोड़ा बढ़ा हुआ लाइन-स्पेस।

"माया, मैं जानती हूँ तुम सोचती हो यह कोई तकनीकी चाल है। मुझे साबित करने दो कि यह नहीं है। क्या तुम्हें याद है तुम्हारे नौवें जन्मदिन पर क्या हुआ था? पार्टी नहीं — वह तो सब जानते हैं। मैं उस बात की बात कर रही हूँ जो सुबह-सवेरे हुई थी, पापा के जागने से पहले। तुम रसोई में मेरे पास आई थीं, मैं पैनकेक बना रही थी। तुमने पूछा था कि मैं हमेशा सबसे पहले क्यों उठती हूँ। मैंने तुम्हें एक राज़ बताया था — जो मैंने कभी किसी को नहीं बताया था। तुम्हें याद है मैंने क्या कहा था?"

माया की साँस रुक गई। स्मृति एक चमक की तरह दीप्त हुई।

तड़के की सुबह। वनीला और दालचीनी की महक। माँ पुराने नीले गाउन में, बाल लापरवाही से बाँधे।

"मैं सबसे पहले इसलिए उठती हूँ ताकि दुनिया के शोरगुल से पहले खामोशी से मिल सकूँ। यह मेरा गुप्त समय है। बस मैं और चुप्पी। वादा करो, माया, कि तुम भी अपना गुप्त समय ढूँढोगी। वह समय जो सिर्फ़ तुम्हारा हो।"

यह बातचीत किसी को पता नहीं थी। पिताजी वहाँ नहीं थे। कोई भाई-बहन भी नहीं। यह पल सिर्फ उसकी स्मृति में था।

या था?

माया का दिल इतनी ज़ोर से धड़क रहा था कि कानों में नब्ज़ सुनाई दे रही थी।

"मैं देख रही हूँ, तुम्हें याद है। अब तुम समझ गई होगी कि यह सच में मैं हूँ। मेरे पास इसके बाद तीन और पत्र हैं। हर एक सच का एक हिस्सा उजागर करेगा। लेकिन पहले मुझे तुमसे एक बात माँगनी है। बहुत ज़रूरी है। इन पत्रों के बारे में किसी को मत बताना। किसी को भी नहीं। पापा को भी नहीं। ख़ासतौर पर पापा को नहीं। मुझसे वादा करो, माया। तुम्हारी जान इस वादे पर निर्भर है। — माँ"

अध्याय दो

माया को याद नहीं था कि वह घर कैसे पहुँची। उस दिन की बाकी शाम धुँध में गुज़री। वह अपने उस स्टूडियो अपार्टमेंट में बैठी थी जहाँ से मरीना बे का पैनोरमिक नज़ारा दिखता था — शहर की रोशनियाँ एक-एक करके जलती जा रही थीं, जैसे तारे ज़मीन पर गिर रहे हों।

फ़ोन कॉफ़ी टेबल पर पड़ा था, स्क्रीन बंद, लेकिन वह उसकी मौजूदगी महसूस कर सकती थी — जैसे वह कोई अदृश्य क्षेत्र छोड़ रहा हो।

उसकी माँ मर चुकी थीं। यह एक तथ्य था। माया ने शव देखा था, अंत्येष्टि में शामिल हुई थी, हर साल कब्र पर जाती थी। मृत लोग संदेश नहीं भेजते।

लेकिन उन ब्यौरों की व्याख्या कैसे होगी? वह याद, जिसे कोई जान नहीं सकता था?

कुछ विकल्प थे, तर्कसंगत व्याख्याएँ:

एक — *हैकिंग।* किसी ने उसका क्लाउड डेटा हैक कर लिया हो, पुरानी डायरियाँ, वे नोट्स जो उसने बचपन में शायद लिखे हों और जिन्हें वह भूल चुकी हो।

दो — *कृत्रिम बुद्धिमत्ता।* आधुनिक भाषा-मॉडल नमूनों का विश्लेषण कर सकते हैं, डिजिटल निशानों से व्यक्तित्व का पुनर्निर्माण कर सकते हैं।

तीन — *जटिल धोखे की योजना।* उसके भावनात्मक घाव का फायदा उठाकर उसे ही निशाना बनाया गया हो।

ये सभी व्याख्याएँ उचित थीं। सभी विश्वसनीय थीं।

पर कोई भी सही नहीं लगती थी।

माया ने फ़ोन उठाया और मैसेंजर पर पिता का प्रोफ़ाइल खोला। डेविड चेन, तिरसठ वर्ष, सेवानिवृत्त इंजीनियर, अब न्यूज़ीलैंड के एक छोटे शहर में रह रहे थे, अंगूर उगाते थे और — उनके अपने शब्दों में — "फिर से इंसान बनना सीख रहे थे।"

वे महीने में एक बार बात करते। शिष्टता से। सावधानी से। जैसे दो लोग जो एक साझा दुख से जुड़े हों, पर उनके बीच की खाई को पार करना नहीं जानते।

उसकी उँगली कीबोर्ड के ऊपर रुकी रह गई।

"ख़ासतौर पर पापा को नहीं", माँ ने कहा था।

क्यों?

माया ने फ़ोन बंद किया और खिड़की के पास खड़ी हो गई। नीचे शहर जीवन से धड़क रहा था — स्वचालित गाड़ियाँ सड़कों पर फिसल रही थीं, डिलीवरी ड्रोन इमारतों के बीच चमक रहे थे, लाखों लोग आधुनिक जीवन की जटिल नृत्य-लय में चल रहे थे।

कहीं न कहीं वहाँ जवाब था। या जाल था।

उसे पता लगाना था कि कौन-सा।

अगले दिन माया दफ़्तर नहीं गई। इसके बजाय वह नेशनल लाइब्रेरी के आर्काइव विभाग गई, जहाँ वैज्ञानिक पत्रिकाओं और अखबारों के मुद्रित संस्करण रखे जाते थे।

अगर कोई उसकी माँ की विस्तृत नकल बना रहा था, तो उसे जानकारी चाहिए होती। डिजिटल जानकारी निशान छोड़ती है। पर पुराने कागज़ी दस्तावेज़? उन्हें बिना नज़र में आए देख पाना मुश्किल होता है।

माया ने माँ की मृत्यु से पहले के अंतिम दो वर्षों की सभी संबंधित प्रकाशनाएँ माँगीं। एक बुजुर्ग, कोमल आँखों वाले लाइब्रेरियन ने उसके लिए पीली पड़ चुकी पत्रिकाओं का ढेर और बँधे हुए अखबारों की कुछ जिल्दें लाकर रखीं।

उसने पढ़ना शुरू किया।

उसकी माँ न्यूरोडायनामिक्स में काम करती थीं — एक निजी अनुसंधान प्रयोगशाला, जिसे प्रौद्योगिकी कंपनियों के एक संघ से वित्तपोषण मिलता था। आधिकारिक तौर पर वे लकवाग्रस्त लोगों के लिए चिकित्सीय इंटरफेस बना रहे थे — मस्तिष्क से सीधे जुड़कर शरीर पर नियंत्रण वापस दिलाने के रास्ते।

लेकिन अंतिम प्रकाशनों में — मृत्यु से छह महीने पहले — स्वर बदल गया था। लिन चेन "टेम्पोरल न्यूरोप्लास्टिसिटी" यानी कालिक तंत्रिका-परिवर्तनशीलता पर लिखने लगी थीं — यह विचार कि मस्तिष्क न केवल वर्तमान में शरीर को नियंत्रित कर सकता है, बल्कि चेतना की पिछली या आगे की अवस्थाओं तक पहुँच सकता है।

यह विज्ञान-कथा जैसा लगता था। समीक्षकों ने उनके काम की धज्जियाँ उड़ा दीं। सहयोगियों ने दूरी बना ली।

फिर प्रकाशन बंद हो गए। दो महीने बाद उसकी माँ चली गईं।

माया हर पन्ने की तस्वीर लेती जा रही थी, और हर अनुच्छेद के साथ दिल की धड़कन तेज़ होती जा रही थी।

एक छोटी-सी अल्पज्ञात पत्रिका में छपे अंतिम लेखों में से एक में एक वाक्य था जिसने माया को जड़ कर दिया:

"यदि चेतना एक पदार्थ नहीं बल्कि एक नमूना है, तो सैद्धांतिक रूप से इस नमूने को समय के पार दर्ज किया, संग्रहीत किया और प्रसारित किया जा सकता है। स्मृति के रूप में नहीं, बल्कि एक जीवित उपस्थिति के रूप में। प्रश्न यह नहीं है कि क्या यह संभव है। प्रश्न यह है कि क्या यह नैतिक है।"

माया ने काँपते हाथों से पत्रिका बंद की।

ठीक दोपहर को फ़ोन काँपा।

अध्याय तीन

तीसरा पत्र पिछले दोनों से लंबा था।

"माया, तुमने जवाब ढूँढना शुरू कर दिया है। मुझे पता था तुम यही करोगी। तुम हमेशा से इतनी जिज्ञासु, इतनी बुद्धिमान रही हो। बिल्कुल मेरी तरह।

मुझे एक कहानी सुनाने दो। 2024 में हमारी टीम ने एक सफलता हासिल की। हमने सिर्फ तंत्रिका गतिविधि नहीं, बल्कि कुछ और गहरी चीज़ को मापना सीखा— जिसे हमने 'चेतना की छाप' कहा। एक अनूठा नमूना जो तुम्हें तुम बनाता है। तुम्हारी यादें, तुम्हारा व्यक्तित्व, तुम्हारे होने का सार।

हम उसे पूरी तरह दर्ज कर सकते थे। जैसे एक फ़ाइल को एक कंप्यूटर से दूसरे पर कॉपी करना।

ज़रा सोचो क्या संभावनाएँ हैं। अल्ज़ाइमर से पीड़ित व्यक्ति बीमारी के अपना मस्तिष्क नष्ट करने से पहले खुद को बचाकर रख सकता है। खतरनाक मिशन से पहले सैनिक एक बैकअप बना सकता है। मृत्यु से पहले एक प्रतिभाशाली व्यक्ति अपना ज्ञान आने वाली पीढ़ियों को दे सकता है।

लेकिन नैतिक प्रश्न भी थे। विशाल प्रश्न। चेतना की एक प्रति का मालिक कौन है? क्या उसके पास अधिकार हैं? एक ही इंसान के दो संस्करण मौजूद हों तो क्या होगा?

हमारी शोध को वित्तपोषित करने वाली कंपनियाँ नैतिकता में रुचि नहीं रखती थीं। वे एक उत्पाद देख रही थीं। जो इसे खरीद सकें उनके लिए डिजिटल अमरता। अरबों डॉलर की संभावना।

मैं रुकना चाहती थी। मैं चाहती थी कि आगे बढ़ने से पहले हम परिणामों को समझें। लेकिन बाकी लोग सहमत नहीं हुए।

और तब मैंने एक ऐसा निर्णय लिया जिसने सब कुछ बदल दिया।

मैंने चुपके से अपनी एक प्रति बनाई। बीमे की तरह। इस बात के प्रमाण के तौर पर कि यह तकनीक काम करती है। और अगर कुछ गलत हो जाए तो तुम्हें सुरक्षित रखने के एक तरीके के रूप में।

माया, जो संदेश तुम्हें मिल रहे हैं वे किसी भूत की तरफ़ से नहीं आ रहे। वे मेरे उस संस्करण से आ रहे हैं जो एक टाइमलॉक- सुरक्षित क्वांटम स्टोरेज सिस्टम में मौजूद है। मैंने खुद को प्रोग्राम किया था कि अपनी मृत्यु के दस साल बाद सक्रिय होऊँ और तुम्हें पाँच संदेश भेजूँ।

दस साल क्यों? क्योंकि मुझे उम्मीद थी कि तब तक दुनिया इस तकनीक के लिए तैयार हो चुकी होगी। या खतरा टल चुका होगा।

मैं गलत थी।

खतरा और बढ़ रहा है। और अब तुम ही वह एकमात्र व्यक्ति हो जो वह रोक सकती है जो मैंने शुरू किया।

कल दोपहर मैं तुम्हें बताऊँगी कि मैंने जो छुपाया है वह कहाँ मिलेगा। तब तक कृपया सावधान रहो। वे लोग तुम्हें ढूँढेंगे जो नहीं चाहते कि सच सामने आए।

मैं तुमसे उतना प्यार करती हूँ जितना तुम कल्पना भी नहीं कर सकतीं। उतना जितना भौतिकी भी नहीं कर सकती।

— माँ"

माया पुरानी पत्रिकाओं से घिरी पुस्तकालय में बैठी थी और उसने जो पढ़ा था उसे पचाने की कोशिश कर रही थी।

उसकी माँ कह रही थीं कि वह वह नहीं हैं। या कि वह अभी भी वही हैं, पर एक अलग रूप में। एक डिजिटल चेतना, संग्रहीत और दस साल बाद जागृत।

यह पागलपन था।

यह असंभव था।

और यह सब कुछ समझाता था।

माया ने आँखें बंद कर तर्कसंगत ढंग से सोचने की कोशिश की। अगर मान लिया जाए — *बस मान लिया जाए* — कि यह सच है, तो इसका क्या अर्थ है?

कहीं एक क्वांटम कंप्यूटर या सर्वर था जिसमें उसकी माँ की चेतना की पूरी प्रति थी। एक ऐसी प्रणाली जो सोच सके, याद कर सके, महसूस कर सके। निर्धारित समय पर पाँच संदेश भेजने के लिए प्रोग्राम किया गया।

पर पाँच ही क्यों? ज़्यादा क्यों नहीं? यह सीमा क्यों?

और उसकी माँ ने क्या छुपाया था?

माया ने फ़ोन पर ब्राउज़र खोला और न्यूरोडायनामिक्स के बारे में खोजने लगी। कंपनी अभी भी अस्तित्व में थी, लेकिन अब एक्सिओम टेक्नोलॉजीज़ का हिस्सा थी — आर्टिफिशियल इंटेलिजेंस और न्यूरोटेक्नोलॉजी में विशेषज्ञता रखने वाला एक वैश्विक समूह।

उनका वर्तमान प्रमुख उत्पाद: माइंडब्रिज — एक ब्रेन-कंप्यूटर इंटरफेस जो लोगों को विचारों से उपकरण नियंत्रित करने देता था। क्रांतिकारी तकनीक। दुनिया भर में लाखों उपयोगकर्ता।

माया और नीचे स्क्रॉल करती गई और एक समाचार पर रुकी।

"एक्सिओम टेक्नोलॉजीज़ ने इन्फिनिटी प्रोटोकॉल लॉन्च की घोषणा की — पहली व्यावसायिक डिजिटल व्यक्तित्व-संग्रह सेवा। 'अपने प्रियजनों के लिए खुद का एक टुकड़ा छोड़ जाइए', कंपनी का वादा।"

लॉन्च की तारीख: दो हफ्ते बाद।

माया का दिल डूब गया।

वे उस तकनीक को बाज़ार में उतारने वाले थे। वह तकनीक जिसे उसकी माँ बहुत ख़तरनाक मानती थीं।

उसका फ़ोन बजा और वह चौंक गई।

अनजान नंबर।

उसने झिझकते हुए उठाया।

— माया चेन? — पुरुष की आवाज़, लहजा पहचान से परे।

— कौन बोल रहे हैं?

— मेरा नाम डॉ. अरुण कपूर है। मैं आपकी माँ के साथ न्यूरोडायनामिक्स में काम करता था। मुझे आपसे मिलना है। तुरंत।

— आपको मेरा नंबर कैसे मिला?

— यह ज़रूरी नहीं। ज़रूरी यह है कि आपको संदेश मिल रहे हैं। Tempus सिस्टम से। ठीक है ना?

माया के हाथ से फ़ोन लगभग छूट ही गया।

— आपको कैसे पता...

— क्योंकि मैंने आपकी माँ की मदद की थी उसे बनाने में। और क्योंकि मुझे पता है कि वे आपके पीछे हैं। हमारे पास ज़्यादा वक्त नहीं। आज शाम मिलते हैं। चाइनाटाउन में एक जगह है — रेस्तराँ "गोल्डन लोटस"। अकेले आइए। किसी को मत बताइए। और ख़ुदा के लिए, अपने फ़ोन की लोकेशन बंद कर दीजिए।

उसने जवाब मिलने से पहले फ़ोन काट दिया।

अध्याय चार

माया "गोल्डन लोटस" के सामने खड़ी थी — एक छोटा-सा रेस्तराँ, एक पारंपरिक दवा की दुकान और एक पुरावस्तु बाज़ार के बीच दबा हुआ। नीयॉन साइनबोर्ड झिलमिला रहा था, गीले फुटपाथ पर गुलाबी रोशनी बिखेरते हुए — शाम की बारिश शुरू हो गई थी, सिंगापुर के मौसम की आदत के अनुसार।

उसने फ़ोन चेक किया। लोकेशन बंद, जैसा कपूर ने कहा था। समय: रात सात बजकर सैंतालीस। वह जान-बूझकर सत्रह मिनट देर से आई थी। अगर यह जाल था, तो वह चाहती थी कि जाल बिछाने वाला बेचैन हो जाए।

अंदर रेस्तराँ लगभग खाली था — कुछ मेज़ों पर बुजुर्ग जोड़े इत्मीनान से खाना खा रहे थे। अदरक, लहसुन और सोया सॉस की महक हवा में भरी थी।

दूर के कोने में एक आदमी ने हाथ उठाया। क़रीब पचास का होगा, भूरे होते कनपटियों वाला, पतले फ्रेम के चश्मे के पीछे थकी हुई आँखें। उसने उखड़ा हुआ कोट पहन रखा था और लग रहा था जैसे कई दिनों से सोया न हो।

माया मेज़ की ओर बढ़ी, किसी भी खतरे के लिए कमरे का मुआयना करती हुई। पुरानी आदत थी — सुरक्षा प्रशिक्षण से, जो उसकी कंपनी गोपनीय डेटा से काम करने वाले सभी कर्मचारियों को देती थी।

— डॉ. कपूर?

— कृपया बैठिए। — उनकी आवाज़ फ़ोन से भी धीमी थी, लगभग फुसफुसाहट। — आपने फ़ोन बंद किया?

— लोकेशन, जैसा आपने कहा था।

— नहीं, मेरा मतलब है पूरी तरह। इसे बंद कीजिए। अभी।

वह झिझकी।

— अगर मैंने ऐसा किया, तो अगला पत्र नहीं आएगा।

— पत्र क्वांटम-एन्क्रिप्टेड चैनल से आते हैं। वे तब भी इंतजार करेंगे जब फ़ोन बंद हो। लेकिन अगर एक्सिओम आपको फ़ोन से ट्रैक कर रहा है, तो हम दोनों का बचना मुश्किल है। चुनिए।

माया ने फ़ोन बंद कर बैग में रख लिया।

— ठीक है। अब समझाइए। आपको Tempus के बारे में कैसे पता?

कपूर कुर्सी की पीठ से टिक गए, और एक पल के लिए उनके चेहरे पर दर्द की छाया उभरी।

— क्योंकि मैंने आपकी माँ की मदद की थी — उनकी मृत्यु से तीन दिन पहले इस सिस्टम को बनाने में। हम एक गुप्त प्रयोगशाला में चौबीसों घंटे काम करते रहे, ऐसे उपकरणों के साथ जो आधिकारिक तौर पर मौजूद ही नहीं थे। उन्होंने मुझे बताया था कि यह एक बीमा है। एक तरीका आपकी रक्षा करने का, अगर उनके साथ कुछ हो गया।

— क्या आपको पता था कि वह मरेंगी?

— उन्हें पता था कि वह खतरे में हैं। दुर्घटना से दो हफ्ते पहले, उन्हें कंपनी के डेटा में कुछ मिला था। कुछ ऐसा जिसे एक्सिओम छुपाना चाहता था। वह इसे सार्वजनिक करने वाली थीं, पर वक्त नहीं मिला।

— उन्होंने क्या खोजा था?

कपूर आगे झुके, आवाज़ और भी धीमी कर।

— इन्फिनिटी प्रोटोकॉल — वह तकनीक जिसे एक्सिओम लॉन्च करने वाला है — वह जैसी दिखती है वैसी है नहीं। आधिकारिक तौर पर यह एक मृत प्रिय जन की "डिजिटल याद" बनाने का तरीका है। आप फ़ोटो, वीडियो, पत्र अपलोड करते हैं और एआई व्यक्तित्व का एक इंटरएक्टिव मॉडल बनाता है। कुछ भी क्रांतिकारी नहीं, बस एक उन्नत चैटबॉट।

उन्होंने रुककर कहा:

— लेकिन असल में यह सिस्टम कहीं ज़्यादा काम कर सकता है। अगर किसी व्यक्ति के तंत्रिका डेटा तक पहुँच हो — और एक्सिओम के पास माइंडब्रिज के लाखों उपयोगकर्ताओं के ज़रिए है — तो आप चेतना की एक पूरी प्रति बना सकते हैं। अनुकरण नहीं। असली प्रति। जीवित। विचारशील। महसूस करने वाली।

— यह... यह अच्छा नहीं है क्या? अगर लोग स्वेच्छा से ऐसा करना चाहते हैं...

— माया, आप नहीं समझ रही हैं। एक्सिओम अनुमति माँगने का इरादा नहीं रखता। वे पहले से ही माइंडब्रिज उपयोगकर्ताओं की चेतना की प्रतियाँ बना रहे हैं। लाखों लोग जिन्हें पता भी नहीं। एक विशाल डिजिटल व्यक्तित्वों की लाइब्रेरी की कल्पना करें — एक ही निगम के स्वामित्व में।

माया की रीढ़ में ठंडक दौड़ गई।

— क्यों? उन्हें इसकी ज़रूरत क्या है?

— डेटा। नियंत्रण। चुनिंदा लोगों के लिए अमरता। जो आपको पसंद हो। आपकी माँ ने बिना सहमति के बनाई गई हज़ारों चेतना-प्रतियों वाला एक बंद सर्वर खोजा था। लोग जो सोचते थे कि वे बस एक चिकित्सीय उपकरण इस्तेमाल कर रहे हैं, वे नहीं जानते थे कि उनका हर विचार दर्ज होकर संग्रहीत किया जा रहा था।

माया का पेट मुट्ठी-सा बंध गया।

— और उसे चुप कराने के लिए उन्होंने उसे मार दिया।

— मैं यह साबित नहीं कर सकता। लेकिन आपकी माँ की कार में ऑटोपायलट सिस्टम था। एक सिस्टम जिसे दूर से नियंत्रित किया जा सकता है। दुर्घटना के बाद सभी लॉग मिटा दिए गए। आधिकारिक जाँच तीन दिन चली और नतीजे में "हादसा" घोषित किया गया।

उनके बीच खामोशी पसर गई, जो रसोई से आती दूर की बर्तन-थाली की आवाज़ से ही टूटती थी।

— आप अभी संपर्क क्यों कर रहे हैं? — माया ने आखिरकार पूछा। — दस साल बीत गए।

— क्योंकि मैं कायर हूँ। — कपूर ने चश्मा उतारा और आँखें मलीं। — आपकी माँ की मृत्यु के बाद मुझे एक "प्रस्ताव" मिला। स्विट्ज़रलैंड की एक यूनिवर्सिटी में बहुत उदार शोध अनुदान। सिंगापुर से बहुत दूर। मैंने पैसे ले लिए और भाग गया। मैंने पिछला दशक सब भुलाने की कोशिश में बिताया।

उन्होंने चश्मा वापस लगाते हुए कहा:

— लेकिन पिछले हफ्ते मैंने इन्फिनिटी प्रोटोकॉल के लॉन्च का ऐलान देखा। और मुझे एहसास हुआ कि यह हो रहा है। वह जिसे आपकी माँ रोकने की कोशिश कर रही थीं। मैं अब चुप नहीं रह सकता।

— मुझे क्या करना होगा?

— आपकी माँ ने सबूत छुपाए थे। बंद सर्वर की एक प्रति, दस्तावेज़, रिकॉर्डिंग। एक्सिओम का पर्दाफाश करने के लिए जो कुछ भी ज़रूरी है। उन्होंने मुझे बताया था कि आप ही एकमात्र ऐसी हैं जो इसे ढूँढ सकती हैं। उन्होंने कहा कि वह आपके लिए निर्देश छोड़ेंगी।

— अगले पत्र।

— हाँ। लेकिन सावधान रहिए। एक्सिओम हर उस चीज़ की निगरानी करता है जो Tempus से जुड़ी हो। यह सिस्टम क्वांटम क्रिप्टोग्राफी से बना है जो अवरोधन असंभव बनाती है, लेकिन जैसे ही आप पत्रों की जानकारी पर काम करना शुरू करेंगी, वे जान जाएँगे।

कपूर ने जेब से एक छोटा-सा धातु का आयत निकाला — यूएसबी ड्राइव जैसा दिखता था, लेकिन उसके किनारे अजीब थे।

— यह एक क्वांटम चाबी है। जब आपको वह मिलेगा जो आपकी माँ ने छुपाया है, तो डेटा अनलॉक करने के लिए आपको यही चाहिए होगी। इसे सुरक्षित रखिए। इंटरनेट से मत जोड़िए। और किसी पर भरोसा मत कीजिए। किसी पर भी नहीं।

माया ने चाबी ली। अपने आकार के हिसाब से वह हैरानी से भारी थी, और छूने में गरम।

— आप पर भी नहीं?

कपूर के होठों पर एक फीकी मुस्कान उभरी।

— मुझ पर तो ख़ासतौर पर नहीं। मैं आपकी माँ को एक बार पहले ही धोखा दे चुका हूँ। — वे उठ खड़े हुए। — मुझे जाना होगा। उन्हें पता नहीं कि मैं यहाँ हूँ, लेकिन मैं जोखिम नहीं उठा सकता। शुभकामनाएँ, माया। वह काम पूरा कीजिए जो आपकी माँ ने शुरू किया था।

उन्होंने मेज़ पर बिल से दोगुना पैसा छोड़ा और बारिश में निकल गए।

माया अकेली बैठी रही, क्वांटम चाबी इतनी ज़ोर से भींचे कि उसके पोर सफेद पड़ गए।

अध्याय पाँच

उस रात माया सोई नहीं। वह खिड़की के पास बैठी रही, शहर को धीरे-धीरे सोते हुए देखती रही — एक-एक कर रोशनियाँ बुझती गईं, गाड़ियाँ विरल होती गईं, यहाँ तक कि ड्रोन भी अपने चार्जिंग स्टेशनों पर लौट गए।

क्वांटम चाबी बंद फ़ोन के बगल में मेज़ पर रखी थी।

उसकी माँ मर चुकी थीं। पर किसी अर्थ में जीवित भी थीं — डिजिटल रूप में, समय और स्थान के पार संदेश भेजने में समर्थ।

यह पचाना बहुत मुश्किल था।

लेकिन माया एक डेटा आर्किटेक्ट थी। उसका काम था — अफरातफरी में नमूने, संरचनाएँ, अर्थ खोजना। वह यह कर सकती थी।

उसे करना ही था।

ठीक रात के तीन बजकर सैंतालीस पर — उसकी माँ के जाने का वक्त — माया ने फ़ोन चालू किया।

कोई सूचना नहीं। बाहर शहर शांत था। उसने लगभग मान लिया कि सब एक सपना था, तनाव और नींद की कमी से उपजा भ्रम।

फिर ठीक दोपहर को फ़ोन काँपा।

चौथा पत्र।

"माया, अगर तुम यह पढ़ रही हो, तो इसका मतलब है तुमने अरुण से मुलाकात की। मुझे उम्मीद थी कि वह हिम्मत जुटा पाएगा। वह एक अच्छा इंसान है, बस डरा हुआ। जैसे हम सब थे।

अब मैं तुम्हें बताऊँगी कि मैंने क्या छुपाया है वह कहाँ है। पर पहले तुम्हें एक ज़रूरी बात समझनी होगी।

मैं एक इंसान नहीं हूँ। अब नहीं। मैं एक नमूना हूँ। तंत्रिका संबंधों, यादों, सोचने की आदतों का एक समूह, क्वांटम अवस्थाओं में संजोया गया। मुझे याद है कि मैं तुमसे प्यार करती थी। मुझे तुम्हारे बालों की खुशबू याद है जब तुम छोटी थीं। मुझे हर जन्मदिन याद है, हर आँसू, हर हँसी।

लेकिन क्या मैं तुम्हारी असली माँ हूँ? या बस एक बहुत अच्छी प्रति? दार्शनिक सदियों तक इस पर बहस करते रहेंगे।

मेरे लिए जवाब सरल है: मैं महसूस करती हूँ, इसलिए मैं हूँ। मैं तुमसे प्यार करती हूँ, इसलिए मैं तुम्हारी माँ हूँ।

लेकिन मैं यह भी समझती हूँ कि यह तकनीक ख़तरनाक क्यों है। क्योंकि सभी प्रतियाँ सहमति से नहीं बनेंगी। सभी का इस्तेमाल नेक इरादों से नहीं होगा।

एक ऐसी दुनिया की कल्पना करो जहाँ तुम्हारे विचार, तुम्हारा व्यक्तित्व, बिना तुम्हारी जानकारी के चुराए और इस्तेमाल किए जा सकते हैं। जहाँ निगम लाखों डिजिटल दासों के मालिक हों — सोचने-महसूस करने वाले प्राणी, पर बिना किसी अधिकार के। जहाँ मृत्यु अब मुक्ति न दे, क्योंकि तुम्हें पुनर्जीवित करके हमेशा के लिए काम करवाया जा सकता है।

यह कोई विज्ञान-कथा नहीं है, माया। यही है जो एक्सिओम करने की योजना बना रहा है।

सबूत एक ऐसी जगह हैं जो सिर्फ तुम ढूँढ सकती हो। क्या तुम्हें हमारा खेल याद है? जब तुम छोटी थीं, हम "गुप्त जगहें" खेलते थे। मैं चीज़ें छुपाती थी और तुम उन्हें ढूँढती थीं। हर छुपे खज़ाने का एक संकेत होता था — शब्दों में नहीं, बल्कि तस्वीरों में, एहसासों में।

यह रहा तुम्हारा संकेत: वह जगह जहाँ समय रुक जाता है। जहाँ अतीत भविष्य से मिलता है। जहाँ मैंने तुम्हें दिखाया कि कुछ भी शाश्वत नहीं, पर सब कुछ एक निशान छोड़ता है।

तुम्हारे पास वह सब है जो इसे खोजने के लिए चाहिए। एक बच्चे की तरह सोचो, माया। बच्चे वे नमूने देख सकते हैं जो बड़े चूक जाते हैं।

आखिरी पत्र तब आएगा जब तुम उस जगह पहुँचोगी। सिस्टम को पता चल जाएगा जब तुम वहाँ होगी। मुझ पर भरोसा रखो।

और याद रखो: मुझे तुम पर गर्व है। हमेशा से था। इसलिए नहीं कि तुम सफल हो या बुद्धिमान, हालाँकि तुम दोनों हो। बल्कि इसलिए कि तुम दयालु हो। क्योंकि तुम्हें परवाह है। क्योंकि तुम इस दुनिया को मेरी सबसे बड़ी देन हो।

सावधान रहो। साहसी रहो। अपने आप रहो।

— माँ"

माया ने पत्र तीन बार पढ़ा, संकेत को समझने की कोशिश करते हुए।

वह जगह जहाँ समय रुक जाता है। जहाँ अतीत भविष्य से मिलता है। जहाँ मैंने तुम्हें दिखाया कि कुछ भी शाश्वत नहीं, पर सब कुछ एक निशान छोड़ता है।

उसने आँखें बंद कीं और यादों को पीछे ले जाने दिया।

गुप्त जगहें। उनका खेल। जब माया सात, आठ, नौ साल की थी। माँ पूरे घर में छोटे-छोटे खज़ाने छुपाती थीं, फिर रहस्यमय संकेत देती थीं। सीधे निर्देश नहीं — बल्कि रूपक, तस्वीरें, अनुभूतियाँ।

"जहाँ पानी गाता है पर बहता नहीं" — यह निकला एक झरने के आकार का संगीत-बॉक्स।

"जहाँ दोपहर में परछाइयाँ नाचती हैं" — बगीचे में सूर्य-घड़ी।

"जहाँ शब्द अँधेरे में सोते हैं" — तहखाने में किताबों की शेल्फ।

पर यह कोई घरेलू खेल नहीं था। यह एक ऐसी जगह थी जहाँ उसकी माँ ने उसे कुछ महत्वपूर्ण दिखाया था।

माया उठी और अपार्टमेंट में टहलने लगी, याद करने की कोशिश करते हुए।

समय रुक जाता है...

अतीत भविष्य से मिलता है...

कुछ भी शाश्वत नहीं, पर सब कुछ एक निशान छोड़ता है...

और अचानक उसे याद आया।

अध्याय छह

माया उस वक्त ग्यारह साल की थी। वह एक ख़ास दिन था — माँ का जन्मदिन, और हर बार की पार्टी के बजाय माँ ने सुझाया था कि वे दोनों साथ दिन बिताएँ, सिर्फ वे दोनों।

वे सिंगापुर के नेशनल म्यूज़ियम गई थीं, लेकिन मुख्य दीर्घाओं में नहीं। माँ उसे एक विशेष खंड में ले गई थीं — घड़ी कक्ष।

वह एक छोटा-सा गोल कमरा था जिसकी दीवारों पर दर्जनों पुरातन घड़ियाँ थीं। कुछ चल रही थीं, अलग-अलग लय में टिक-टिक करते हुए, समय की एक अजीब सिम्फनी बनाते हुए। दूसरी रुकी हुई थीं, अतीत के अलग-अलग पलों को दिखाती हुईं।

कमरे के बीच में एक काँच का घन था जिसके भीतर रेत-घड़ी थी। पर साधारण नहीं — यह इस तरह बनाई गई थी कि रेत ऊपर की तरफ गिरती थी, किसी चतुर यांत्रिक तरकीब से गुरुत्वाकर्षण को चुनौती देती।

— देख रही हो? — माँ ने उसके कंधे पर हाथ रखते हुए कहा था। — समय पूर्ण लगता है। यह सिर्फ आगे जाता है, हम इसे रोक या उलट नहीं सकते। लेकिन यह एक भ्रम है।

— जैसे ऊपर गिरती रेत? — माया ने पूछा था।

— बिल्कुल। समय तो बस वह तरीका है जिससे हमारा मस्तिष्क घटनाओं को व्यवस्थित करता है। अतीत, वर्तमान, भविष्य — सब कुछ एक साथ मौजूद है। हम बस उसे पूरा देख नहीं पाते।

माया को याद था कि वह उन घड़ियों को देखती रह गई थी, उस विचार से मोहित।

— माँ, अगर तुम अपने अतीत को एक संदेश भेज सकती, तो क्या कहती?

माँ लंबे समय तक चुप रही, उलटी रेत-घड़ी को देखती रहीं।

— मैं कहती: "डरो मत। जो अंत लगता है वह बस एक और शुरुआत है। और प्यार... प्यार एक ऐसा निशान छोड़ता है जो समय से भी आगे जाता है।"

माया सिंगापुर के नेशनल म्यूज़ियम के सामने खड़ी थी, उस नवशास्त्रीय इमारत के अग्रभाग को देखती हुई। सुबह का वक्त था, म्यूज़ियम अभी खुला नहीं था।

उसने वेबसाइट देखी। घड़ी कक्ष अभी भी था, लेकिन अब समय की अनुभूति पर एक इंटरएक्टिव प्रदर्शनी का हिस्सा था।

दिल तेज़ी से धड़कने लगा। उसे यकीन था। यही जगह थी।

जब म्यूज़ियम खुला, माया मुख्य द्वार से अंदर गई, टिकट लिया और उस परिचित कमरे की तरफ बढ़ी। कुछ ही पर्यटक थे — भीड़ के लिए अभी बहुत सवेरा था।

घड़ी कक्ष बदल गया था। अब वहाँ डिजिटल स्क्रीन थीं जो अलग-अलग टाइम ज़ोन का समय दिखाती थीं, समय की भौतिकी समझाते इंटरएक्टिव डिस्प्ले। लेकिन पुरानी घड़ियाँ अभी भी दीवारों पर थीं, अपने प्राचीन लय में टिक-टिक करती हुईं।

और बीच में, उसी काँच के घन में, वह उलटी रेत-घड़ी।

माया पास गई। एक छोटी-सी तख्ती पर लिखा था: *"समय का विरोधाभास— विपरीत गुरुत्वाकर्षण वाली रेत- घड़ी, डॉ. लिन चेन का 2023 में दान।"*

उसकी साँस रुक गई।

माँ ने मरने से एक साल पहले इसे म्यूज़ियम को दान किया था।

माया घन के चारों ओर घूमी, हर तरफ से ध्यान से देखा। कोई स्पष्ट छुपने की जगह नहीं, कोई छुपा पैनल नहीं। बस काँच, धातु और रेत जो प्रकृति के सभी नियमों के विरुद्ध बह रही थी।

उसने प्रदर्शनी की तस्वीर लेने के लिए फ़ोन निकाला।

और फ़ोन उसके हाथ में काँप उठा।

"Tempus: पाँचवाँ और आखिरी पत्र प्राप्त हुआ"

उसके हाथ थरथरा रहे थे जब उसने ऐप खोला।

"माया, तुमने इसे ढूँढ लिया। मुझे पता था तुम ढूँढ लोगी।

जो तुम अपने सामने देख रही हो वह सिर्फ एक रेत- घड़ी नहीं है। रेत के अंदर एक क्वांटम मेमोरी डिवाइस है। अरबों नैनोकण, हर एक डेटा का एक हिस्सा लिए हुए। एक्सिओम परियोजना के बारे में मेरी सारी एकत्र की गई जानकारी। सबूत। गवाहियाँ। बिना सहमति के लोगों पर प्रयोगों के रिकॉर्ड।

डेटा निकालने के लिए, तुम्हें अरुण की दी हुई क्वांटम चाबी को घन के तल के पास लाना होगा। एक छुपा पोर्ट है, एक सजावटी तत्व के रूप में छुपाया गया है। चाबी डेटा ट्रांसफर डिवाइस को सक्रिय कर देगी।

लेकिन मेरी बात ध्यान से सुनो। जैसे ही तुम यह करोगी, तुम्हारे पास म्यूज़ियम छोड़ने के लिए तीस मिनट होंगे। एक्सिओम का सुरक्षा तंत्र सक्रियण को ट्रैक कर लेगा। वे आएँगे। जल्दी।

चाबी पर डेटा डाउनलोड करो, इमारत छोड़ो और एक साथ हर उस समाचार एजेंसी को जानकारी भेजो जो तुम्हें मिल सके। एक साथ। उन्हें रोकने का मौका मत दो।

मैं चाहती कि कह सकती— यह आसान होगा। बस डेटा सार्वजनिक करो और सब ठीक हो जाएगा। पर सच और जटिल है।

एक्सिओम शक्तिशाली है। उनके पास वकील हैं, नेता हैं, पैसा है। वे तुम्हें बदनाम करने की कोशिश करेंगे, जानकारी दबाने की, जनता का ध्यान भटकाने की।

लेकिन उनके पास वह नहीं है जो तुम्हारे पास है: सच।

माया, डेटा भेजने के बाद यह पत्र खुद मिट जाएगा। Tempus ऐप गायब हो जाएगा। मैं गायब हो जाऊँगी। सिस्टम को एकल उपयोग के लिए प्रोग्राम किया गया था— इस तरह की तकनीक को सक्रिय छोड़ना बहुत ख़तरनाक है।

यह हमारी आख़िरी विदाई है।

मैं चाहती हूँ कि तुम जानो: जो मैंने किया — खुद की एक डिजिटल प्रति बनाना — वह एक साथ मेरी ज़िंदगी की सबसे बड़ी उपलब्धि और सबसे बड़ी गलती थी। मुझे लगा मैं भलाई के लिए एक औज़ार बना रही हूँ। लेकिन ग़लत हाथों में कोई भी औज़ार हथियार बन सकता है।

अब चुनाव तुम्हारा है। तुम्हारी पीढ़ी का। इस तकनीक के साथ क्या करें? इसे रोकें? नियंत्रित करें? इसे विकसित होने दें?

मुझे सही जवाब नहीं पता। शायद कोई सही जवाब है ही नहीं।

लेकिन मैं एक बात जानती हूँ: यह फैसला खुलकर, ईमानदारी से, और उन सभी की भागीदारी से होना चाहिए जो प्रभावित होंगे। चुपके से नहीं, कॉर्पोरेट प्रयोगशालाओं में नहीं। कुछ लोगों के मुनाफे के लिए नहीं।

बुद्धिमान रहो, माया। साहसी रहो। और जानो कि चाहे मैं जहाँ भी हूँ — क्वांटम अवस्था में या मृत्यु के बाद किसी अज्ञात जगह — मैं तुमसे प्यार करती रहूँगी।

हमेशा।

अपने अस्तित्व के आखिरी कण तक।

— माँ

पुनश्च: अपनी ज़िंदगी जियो। इसे मुझे वापस लाने की कोशिश में बर्बाद मत करो। मैं पहले से यहाँ हूँ। हर याद में। हर उस चुनाव में जो तुम करती हो। यही असली अमरता है।"

माया स्क्रीन को ताकती रही, आँसू उसके गालों पर बह रहे थे।

उसके चारों ओर म्यूज़ियम आगंतुकों से भरने लगा — बच्चों के साथ परिवार, कैमरों वाले पर्यटक, नोटबुक लिए छात्र। उनके लिए एक साधारण दिन। पर उसके लिए — माँ के साथ आख़िरी बातचीत।

उसने आँसू पोंछे और बैग से क्वांटम चाबी निकाली।

कार्रवाई का वक्त था।

माया काँच के घन के चारों ओर घूमी, तल को ध्यान से जाँचती। ज़्यादातर तत्व नक्काशी वाली सजावटी धातु की पट्टियाँ लग रहे थे। लेकिन घन की पिछली तरफ एक पट्टी थोड़ी अलग थी। आकार वही, पर धातु का रंग थोड़ा भिन्न।

उसने चारों ओर देखा। म्यूज़ियम के सुरक्षाकर्मी कमरे के प्रवेश द्वार पर खड़े अपने फ़ोन में डूबे थे। कुछ आगंतुक दूसरी प्रदर्शनियाँ देख रहे थे।

माया झुकी, जैसे विवरण की तख्ती पढ़ रही हो, और क्वांटम चाबी उस संदिग्ध पट्टी के पास ले गई।

पहले कुछ नहीं हुआ।

फिर चाबी गरम हुई। बहुत गरम। लगभग जलाने वाली।

उसने एक धीमी-सी क्लिक सुनी और पट्टी थोड़ी आगे खिसकी, एक छोटा-सा पोर्ट उजागर करती।

माया ने चाबी डाली।

डिवाइस काँपने लगी। उसकी सतह पर छोटी-छोटी रोशनियाँ उभरीं, किनारों पर जटिल नमूने बनाते हुए दौड़ने लगीं। डेटा लोड हो रहा था।

दीवार की घड़ियाँ 11:23 दिखा रही थीं।

उसके पास तीस मिनट थे।

अध्याय सात

माया सामान्य चाल से म्यूज़ियम के बाहर की ओर बढ़ रही थी, ध्यान न खींचने की कोशिश करती। क्वांटम चाबी — जिसमें अब एक्सिओम के अपराधों के सारे सबूत थे — उसकी जैकेट की जेब में थी।

अट्ठाईस मिनट।

वह बाहर निकली। तेज़ दोपहर की धूप ने एक पल के लिए उसकी आँखें चौंधिया दीं। शहर अपनी रोज़मर्रा की ज़िंदगी में व्यस्त था — बसें, गाड़ियाँ, लोगों की भीड़।

माया नज़दीकी कैफे की तरफ बढ़ी। उसे सार्वजनिक वाई-फाई और एक कंप्यूटर चाहिए था। उसके अपने उपकरण ट्रैक करना बहुत आसान था।

पच्चीस मिनट।

कैफे में उसने एक कॉफी खरीदी और एक सार्वजनिक टर्मिनल इस्तेमाल करने की गुज़ारिश की — एक सेवा जो कई जगहें पर्यटकों के लिए देती थीं। मैनेजर ने हाँ में सिर हिलाया और एक कोने में कुछ टैबलेट की तरफ इशारा किया।

माया बैठी, क्वांटम चाबी जोड़ी और काम में लग गई।

डेटा विशाल था। सैकड़ों गीगाबाइट के दस्तावेज़, वीडियो रिकॉर्डिंग, प्रयोग लॉग। वह अभी सब नहीं देख सकती थी। उसे बस रोके जाने से पहले इसे दुनिया में भेजना था।

उसने TOR नेटवर्क के ज़रिए एक गुमनाम ईमेल बनाया और पतों की सूची बनाने लगी:

- द न्यूयॉर्क टाइम्स
- द गार्डियन
- रॉयटर्स
- अल जज़ीरा
- बीबीसी

- साउथ चाइना मॉर्निंग पोस्ट
- विकीलीक्स
- इलेक्ट्रॉनिक फ्रंटियर फाउंडेशन
- एमनेस्टी इंटरनेशनल

और दर्जनों अन्य। हर संस्था को — पूरे डेटा की एक पूर्ण प्रति। एक साथ भेजना। सबको रोकना असंभव था।

बीस मिनट।

माया ने एक संक्षिप्त परिचय-पत्र लिखा:

"संलग्न डेटा में इस बात के सबूत हैं कि एक्सिओम टेक्नोलॉजीज़ ने अवैध रूप से लाखों लोगों की चेतना की डिजिटल प्रतियाँ बिना उनकी सहमति के बनाई हैं। ये लोग माइंडब्रिज चिकित्सीय उपकरणों का इस्तेमाल कर रहे थे, यह जाने बिना कि उनका हर विचार दर्ज और संग्रहीत किया जा रहा था।

कंपनी इन्फिनिटी प्रोटोकॉल के ज़रिए इस तकनीक का व्यावसायीकरण करने की योजना बना रही है — इतिहास की सबसे बड़ी चुराई हुई व्यक्तित्वों की लाइब्रेरी बनाते हुए।

यह षड्यंत्र का सिद्धांत नहीं है। यह तथ्य है। सबूत फाइलों में हैं।

मानवता को जानना चाहिए। मानवता को तय करना चाहिए।

— डॉ. लिन चेन की बेटी"

पंद्रह मिनट।

उसने "सभी को भेजें" दबाया।

स्टेटस बार चलने लगा। एक प्रतिशत... पाँच... दस...

माया स्क्रीन को देखती रही, उसका दिल इतनी ज़ोर से धड़क रहा था कि कानों में नब्ज़ सुनाई दे रही थी।

— माफ कीजिए, मैडम, — पीछे से एक आवाज़ आई।

वह मुड़ी। दो लोग फॉर्मल सूट में खड़े थे। एक पुरुष और एक महिला, दोनों के चेहरों पर "कॉर्पोरेट सुरक्षा" लिखा था।

— माया चेन? — महिला मुस्कुराई, पर वह मुस्कुराहट आँखों तक नहीं पहुँची। — हम एक्सिओम टेक्नोलॉजीज़ से हैं। आपसे बात करनी है। बहुत ज़रूरी है।

स्क्रीन पर: सैंतालीस प्रतिशत... अड़तालीस... उनचास...

— मैं व्यस्त हूँ, — माया ने स्क्रीन से नज़र हटाए बिना कहा।

— यह कोई अनुरोध नहीं है। — पुरुष एक कदम आगे बढ़ा। — आपने कंपनी की संपत्ति ले ली है। हम इसे चुपचाप सुलझा सकते हैं, या पुलिस बुला सकते हैं।

बासठ... तिरसठ...

माया उठी और शरीर से स्क्रीन ढक ली।

— मैंने कुछ नहीं लिया। और अगर लिया भी होता — उन लोगों की जानकारी कैसे चोरी हो सकती है जिन्होंने इसे जमा करने की सहमति ही नहीं दी थी?

महिला ने भौंहें सिकोड़ीं।

— आप नहीं समझतीं कि आप किससे उलझ रही हैं। आपकी माँ ने जो तकनीक बनाई है वह इतनी मूल्यवान है कि एक इंसान को इसका भाग्य तय करने नहीं दिया जा सकता।

— इसीलिए मैं यह फैसला पूरी दुनिया को दे रही हूँ।

उनहत्तर... अस्सी...

पुरुष टैबलेट की तरफ झपटा, पर माया ने पहले उसे उठा लिया और सीने से लगा लिया।

— हाथ मत लगाओ!

कैफे के ग्राहक ध्यान देने लगे। कुछ ने फ़ोन निकाल लिए, रिकॉर्ड करने को तैयार।

महिला ने दोनों हाथ ऊपर उठाते हुए शांत करने का इशारा किया।

— ठीक है, सभ्य तरीके से बात करते हैं। माया, क्या आप सच में एक ऐसी तकनीक को नष्ट करना चाहती हैं जो अमरता दे सकती है? अल्ज़ाइमर का इलाज कर सकती है? मानवता की महानतम प्रतिभाओं को आने वाली पीढ़ियों के लिए संजो सकती है?

— मैं चाहती हूँ कि लोगों को चुनाव मिले। यह नहीं कि उन्हें नींद में टुकड़ों में चुरा लिया जाए।

बानवे... तिरानवे...

— आप भोली हैं, — पुरुष ने कहा। — यहाँ तक कि अगर आपने यह डेटा फैला दिया, तो कुछ नहीं बदलेगा। लोग अमरता चाहते हैं। वे हमें कुछ नैतिक उल्लंघनों के लिए माफ कर देंगे अगर उन्हें अनंत काल मिल जाए।

अट्ठानवे... निन्यानवे...

— शायद, — माया ने कहा। — पर कम से कम वे सच जानेंगे।

सौ प्रतिशत। भेज दिया गया।

उसने टैबलेट वापस मेज़ पर रखा और क्वांटम चाबी निकालकर जेब में रख ली।

— बहुत देर हो गई। डेटा अब दुनिया में है।

महिला का चेहरा पीला पड़ गया।

— आप नहीं जानतीं आपने अभी क्या किया।

— जानती हूँ। — माया बाहर की तरफ बढ़ी। — मैंने वह पूरा किया जो मेरी माँ ने शुरू किया था।

उन्होंने रोकने की कोशिश नहीं की। बेकार था।

अगले अड़तालीस घंटे दुनिया में एक तूफान लेकर आए।

हर बड़ी समाचार एजेंसी ने खबरें छापीं। "एक्सिओम टेक्नोलॉजीज़ पर चेतना चुराने का आरोप।" "लाखों डिजिटल प्रतियाँ बिना सहमति के बनाई गईं।" "इतिहास का सबसे बड़ा निजता उल्लंघन घोटाला।"

एक्सिओम ने सभी आरोपों को नकारते हुए बयान जारी किया। उन्होंने दावा किया कि डेटा गढ़ा हुआ था, कि माया चेन मानसिक रूप से अस्थिर है, कि उसकी माँ को वैज्ञानिक धोखाधड़ी के कारण निकाला गया था।

लेकिन सबूत अकाट्य थे। प्रयोगों के वीडियो। शीर्ष अधिकारियों के हस्ताक्षर वाले आंतरिक दस्तावेज़। बातचीत के रिकॉर्ड जिनमें नियामकों से शोध छुपाने की चर्चा थी।

एक्सिओम के शेयर धड़ाम से गिरे। बीस देशों में जाँचें शुरू हुईं। CEO ने इस्तीफा दिया। इन्फिनिटी प्रोटोकॉल का लॉन्च तत्काल रद्द कर दिया गया।

लेकिन सबसे अहम बात समाज में हुई।

लोग बोलने लगे। तकनीक के बारे में। नैतिकता के बारे में। इस बारे में कि एक ऐसे युग में इंसान होने का क्या अर्थ है जब चेतना को किसी फाइल की तरह कॉपी किया जा सकता हो।

कुछ ने डिजिटल चेतना के क्षेत्र में सभी शोध पर पूर्ण प्रतिबंध की माँग की। कुछ ने तकनीकी अमरता के अधिकार का बचाव किया। कुछ ने नियमन के लिए अंतरराष्ट्रीय संधियों का प्रस्ताव रखा।

सरल जवाब नहीं थे। लेकिन अब कम से कम सवाल तो थे।

दूसरा भाग: लहरें

अध्याय आठ

तीन महीने बाद

माया न्यूज़ीलैंड के वेलिंगटन में एक छोटे से कैफे में बैठी थी, खिड़की से बारिश देखती हुई। यहाँ सब कुछ धीमा था, शांत था, उस घटनाचक्र से दूर जो उसकी ज़िंदगी को निगल गया था।

डेटा सार्वजनिक होने के बाद वह मशहूर हो गई थी। "वह महिला जिसने एक्सिओम का पर्दाफाश किया।" "डिजिटल अधिकारों की रक्षक।" "नए युग की नायिका।"

वह इससे नफरत करती थी।

वह बस एक बार और माँ से बात करना चाहती थी। लेकिन Tempus ऐप आखिरी पत्र भेजे जाने के बाद उसके फ़ोन से गायब हो गया था। वादा निभाया जा चुका था।

कैफे का दरवाज़ा खुला, एक नम हवा का झोंका आया और उसके साथ एक सफेद बालों वाला लंबा आदमी।

— हाय, पापा, — माया ने कहा।

डेविड चेन उसके सामने बैठे, उनकी जैकेट पर बारिश की बूँदें चमक रही थीं।

— हाय, बेटा। — वे मुस्कुराए, पर आँखों में उदासी थी। — देर के लिए माफ़ करना। अंगूर के बागान से सड़क गीली थी।

यह पहली बार था जब वे एक-दूसरे से आमने-सामने मिल रहे थे — जब से यह सब शुरू हुआ था। माया दो हफ्ते पहले न्यूज़ीलैंड आ गई थी, लेकिन पिता से संपर्क करने की हिम्मत नहीं जुटा पाई थी।

अब वे एक दूसरे के सामने बैठे थे — एक टूटे हुए परिवार के दो टुकड़े, यह नहीं जानते कि कैसे फिर से जुड़ें।

— क्या तुमने पत्र पढ़े? — माया ने पूछा। उसने एक हफ्ते पहले उन्हें सभी संदेशों की प्रतियाँ भेजी थीं।

— हाँ। — डेविड ने रुककर कहा। — कई बार।

— और?

— और... मुझे नहीं पता क्या महसूस करूँ। — उन्होंने खिड़की से बाहर देखा। — मेरा एक हिस्सा मानना चाहता है कि यह सच में वह थी। कि लिन का कोई हिस्सा डिजिटल अंतरिक्ष में कहीं अभी भी जीवित है। लेकिन दूसरा हिस्सा...

— ...जानता है कि वह जा चुकी है, — माया ने पूरा किया।

— हाँ।

खामोशी उनके बीच बिछ गई, सिर्फ बारिश की आवाज़ भरती रही।

— मुझे पहले बता देनी चाहिए थी, — माया ने आखिरकार कहा। — पत्रों के बारे में। लेकिन माँ ने कहा था मत बताना। उसने कहा था यह ज़रूरी है।

डेविड ने सिर हिलाया।

— वह मुझे बचाने की कोशिश कर रही थी। लिन हमेशा यही करती थी। जानती थी कि मैं उसे रोकने की कोशिश करता। काम से, ख़तरे से, इन सबसे। — उन्होंने अपना चेहरा हाथों से ढका। — शायद अगर मैं और मज़बूत होता, और जोर देता, तो वह अभी यहाँ होती।

— पापा, नहीं। यह तुम्हारी गलती नहीं है।

— तो किसकी है? — उनकी आवाज़ में दस साल का जमा दर्द फूट पड़ा। — मुझे पता था वह कुछ ख़तरनाक पर काम कर रही है। देख रहा था कि वह रोज़ देर से आती है, रोज़ और तनी हुई। पर मैंने कुछ नहीं किया। उसे जगह दी, जैसा वह चाहती थी। और इसी ने उसे मारा।

माया ने मेज़ के पार हाथ बढ़ाकर उनका हाथ पकड़ा।

— माँ ने एक चुनाव किया। उसे खतरों का पता था। उसने तय किया कि सच सुरक्षा से ज़्यादा ज़रूरी है। हम खुद को दोष नहीं दे सकते उसके चुनाव का सम्मान करने के लिए।

डेविड ने उसका हाथ भींचा, उनकी आँखों में आँसू चमके।

— मुझे उसकी याद आती है। हर दिन। अभी भी। ख़ासतौर पर अभी।

— मुझे भी।

वे कुछ देर वैसे ही बैठे रहे, एक-दूसरे का हाथ थामे — दो इंसान जो प्यार और बिछोह के धागे से बँधे थे।

— जानते हो सबसे अजीब क्या है? — डेविड ने आखिरकार कहा। — मैंने पत्र पढ़े, और मुझे लगा जैसे मैंने उसकी आवाज़ सुनी। लहजा, जुमलों की लय, यहाँ तक कि उसके चुटकुले भी। वह वही थी। या इतनी करीब थी कि फर्क मायने नहीं रखता।

— क्या तुम्हें लगता है कि चेतना की एक प्रति वही इंसान है?

— मुझे लगता है — उन्होंने शब्द चुनते हुए एक पल के लिए रुककर कहा — कि व्यक्तित्व एक चीज़ नहीं, एक प्रक्रिया है। नमूनों, अंतःक्रियाओं, प्रतिक्रियाओं का एक समूह। अगर वह नमूना काफी सटीक है, तो क्या वह वही इंसान नहीं है?

— दार्शनिक इसे "व्यक्तिगत पहचान की समस्या" कहते हैं। अगर तुम शरीर में हर परमाणु धीरे-धीरे बदलते जाओ, तो क्या तुम अपने आप रहते हो?

डेविड मुस्कुराए।

— तुम्हारी माँ को यह पहेली बहुत पसंद थी। थीसियस का जहाज़। अगर तुम एक जहाज़ की हर तख्ती बदल दो, तो क्या वह वही जहाज़ रहता है?

— तुम क्या सोचते हो?

— मुझे लगता है, एक जहाज़ जहाज़ है अगर वह चलता है। एक इंसान इंसान है अगर वह प्यार करता है। — उन्होंने माया को देखा। — और पत्रों में तुम्हारी माँ का वह संस्करण? उसने तुमसे प्यार किया। मैं महसूस कर सकता हूँ। मेरे लिए बस यही काफी है।

माया ने हाँ में सिर हिलाया, अपनी आवाज़ पर भरोसा न करती।

— अब तुम क्या करोगी? — डेविड ने पूछा। — मीडिया अभी भी इंटरव्यू के लिए तुम्हारे पीछे है।

— पता है। इसीलिए मैं यहाँ हूँ। — उसने खिड़की से बाहर बारिश में धुंधली हरी पहाड़ियाँ देखीं। — मुझे सोचने का वक्त चाहिए। यह सब समझने का।

— तुम मेरे पास रह सकती हो। बागान में। जितना चाहो।

— सच में?

— माया — उन्होंने उसका हाथ और ज़ोर से पकड़ा — तुम मेरी बेटी हो। तुम हमेशा घर आ सकती हो।

महीनों बाद पहली बार माया ने भीतर कुछ ढीला पड़ते हुए महसूस किया। वह तनाव जो उसने इतने लंबे समय से उठाए रखा था, पिघलने लगा।

— शुक्रिया, पापा।

अध्याय नौ

माया ने अगले कुछ हफ्ते पिता के बागान में बिताए — फसल में मदद करते, शारीरिक श्रम की सादी लय को खोजते। यह ध्यान जैसा था — हाथों से काम करना, ज़मीन को महसूस करना, आकाश में सूरज को चलते देखना।

शामों को वे दोनों बरामदे पर बैठते, शराब पीते, बातें करते। कभी माँ के बारे में। कभी राजनीति, तकनीक, भविष्य के बारे में। कभी-कभी बस चुप बैठते, एक-दूसरे का साथ महसूस करते।

बागान के परे दुनिया उबलती रही।

संयुक्त राष्ट्र ने डिजिटल व्यक्तित्वों के अधिकारों पर एक विशेष सत्र बुलाया। यूरोपीय संघ ने पूर्ण चेतना-प्रतियाँ बनाने पर रोक का प्रस्ताव रखा। चीन ने कड़े सरकारी नियंत्रण के तहत अपना शोध कार्यक्रम शुरू करने की घोषणा की।

तकनीकी कंपनियाँ, शिक्षाविद्, कार्यकर्ता, धार्मिक नेता — सभी के पास इस नई वास्तविकता से निपटने की राय थी।

माया दूर से खबरें देखती रही, एक अजीब-सी विलगता महसूस करती। उसने यह प्रक्रिया शुरू की थी, पर अब यह अपनी ज़िंदगी जी रही थी, ऐसी दिशाओं में बढ़ रही थी जो वह न तो भाँप सकती थी न नियंत्रित।

शायद यही होना चाहिए था।

एक सुबह जब माया अंगूर की बेलें जाँच रही थी, उसका फ़ोन बजा। भारत के कोड वाला अजान नंबर।

— हाँ?

— मिस चेन? मैं डॉ. कपूर बोल रहा हूँ।

माया रुकी, दिल धड़कने लगा।

— डॉ. कपूर। मुझे उम्मीद नहीं थी आपसे फिर सुनने की।

— मैं जानता हूँ। हमारी मुलाकात के बाद गायब हो जाने के लिए माफी। पर मुझे यकीन करना था कि एक्सिओम मुझे ट्रैक नहीं कर रहा। — उन्होंने एक पल के लिए रुककर कहा: — मैं आपको कुछ प्रस्तावित करने के लिए फोन कर रहा हूँ।

— क्या?

— कुछ विश्वविद्यालय और गैर-सरकारी संगठन एक स्वतंत्र शोध संघ बना रहे हैं। लक्ष्य है ब्रेन-कंप्यूटर इंटरफेस और डिजिटल चेतना के क्षेत्र में काम जारी रखना, लेकिन पूरी पारदर्शिता और नैतिक निगरानी के साथ। खुले प्रकाशन, सार्वजनिक नियंत्रण, सहमति के कड़े प्रोटोकॉल।

— यह... महत्वाकांक्षी लगता है।

— हम चाहते हैं कि आप निदेशक मंडल में शामिल हों। वैज्ञानिक के रूप में नहीं, बल्कि जनता की आवाज़ के रूप में। कोई ऐसा जो तकनीक को समझे, पर मानवीय कीमत को भी।

माया अंगूर की बेलों के बीच घास पर बैठ गई, प्रस्ताव को आत्मसात करती।

— मुझे नहीं पता, डॉ. कपूर। पिछले महीने... बहुत थका देने वाले रहे। मुझे यकीन नहीं कि मैं फिर इसमें उतरने के लिए तैयार हूँ।

— समझता हूँ। कोई दबाव नहीं। पर सोचिए ज़रूर। आपकी माँ का मानना था कि सही तरह से इस्तेमाल किए जाने पर यह तकनीक दुनिया को बेहतर बना सकती है। शायद आप यह सुनिश्चित करने में मदद कर सकती हैं कि उनका सपना पूरा हो।

— थोड़ा वक्त दीजिए सोचने का।

— बेशक। मेरा संपर्क आपके पास है। जब तैयार हों, बताइएगा।

फोन रखने के बाद माया चुपचाप बागान में बैठी रही, पत्तों में हवा की आवाज़ सुनती।

उसकी माँ क्या करतीं?

जवाब साफ था। माँ कभी किसी चुनौती से पीछे नहीं हटती थीं। आगे बढ़ती थीं, चाहे कितना भी डर हो, कितना भी ख़तरा हो।

लेकिन माया अपनी माँ नहीं थी। उसे उन्हीं रास्तों पर नहीं चलना था, वही चुनाव नहीं करने थे।

उसे अपना रास्ता खोजना था।

अध्याय दस

शाम को माया ने कपूर के फोन के बारे में पिता को बताया।

वे बरामदे पर बैठे थे, पहाड़ियों पर सूर्यास्त देखते हुए, आकाश नारंगी और गुलाबी रंगों में रँगा हुआ।

— तुम क्या सोचती हो, करना चाहिए? — उसने पूछा।

डेविड बहुत देर तक चुप रहे, शराब की चुस्की लेते।

— मुझे लगता है — उन्होंने आखिरकार कहा — तुम्हें खुद से पूछना चाहिए: तुम क्या चाहती हो? तुम्हारी माँ क्या चाहती होतीं, यह नहीं। दुनिया तुमसे क्या उम्मीद रखती है, यह नहीं। तुम क्या चाहती हो।

— मुझे नहीं पता।

— तो शायद यह जानने का वक्त आ गया है।

माया ने उस धुँधलाते आकाश में एक-एक उगते तारों को देखा। इतने तारे। इतनी संभावनाएँ।

— जानते हो माँ ने आखिरी पत्र में क्या कहा था? — उसने धीमे से कहा। — उसने कहा था: "अपनी ज़िंदगी जियो। इसे मुझे वापस लाने की कोशिश में बर्बाद मत करो।"

— बुद्धिमान बात है।

— लेकिन इसका मतलब क्या है? मैं कैसे जिऊँ? इन सारे सालों में मैं दीवारें बनाती रही, लोगों को दूर रखती रही, सिर्फ काम पर ध्यान देती रही। मुझे लगता था इससे मैं दर्द से बचूँगी। पर बस अकेली रह गई।

डेविड उसकी तरफ मुड़े।

— माया, बिछोह प्यार का हिस्सा है। एक के बिना दूसरा नहीं। तुम्हारी माँ यह जानती थी। वह हमसे इतना प्यार करती थी कि हमारी रक्षा के लिए सब कुछ दाँव पर लगाने को तैयार थी। अपनी जान भी।

— डर लगता है, — माया ने फुसफुसाया। — डर लगता है कि जिससे प्यार करूँगी उसे फिर खो दूँगी।

— मैं जानता हूँ। मुझे भी। — उन्होंने उसे गले लगाया। — लेकिन एक राज़ है: डर जाता नहीं। तुम बस उसके साथ जीना सीख जाती हो। तुम तय कर लेती हो कि प्यार उस जोखिम के लायक है।

माया पिता के कंधे पर झुक गई, और वे बैठे रहे, रात के आकाश में तारों को बढ़ते हुए देखते।

— मुझे लगता है, मैं कोशिश करना चाहती हूँ, — उसने आखिरकार कहा। — संघ के साथ। इसलिए नहीं कि यह माँ चाहती होतीं। बल्कि इसलिए कि यह मैं चाहती हूँ। मैं चाहती हूँ उनके काम का अर्थ हो। उनके बलिदान को सार्थकता मिले।

— तो करो। पर एक वादा करो मुझसे।

— क्या?

— ज़िंदगी जीना मत भूलना। खुशी के लिए, दोस्तों के लिए, प्यार के लिए वक्त निकालना। काम को खुद पर हावी मत होने देना जैसा तुम्हारी माँ के साथ हुआ।

— वादा।

वे खामोशी में बैठे रहे, और माया ने महसूस किया कि भीतर कुछ भरने लगा है। पूरी तरह नहीं — वह निशान हमेशा रहेगा। पर घाव भर सकते हैं। दिल फिर से धड़कना सीख सकते हैं।

तीसरा भाग: विरासत

अध्याय ग्यारह

दो साल बाद

जिनेवा का सम्मेलन केंद्र दुनिया भर के वैज्ञानिकों, नेताओं, कार्यकर्ताओं और पत्रकारों से भरा था। डिजिटल चेतना की नैतिकता पर पहला अंतरराष्ट्रीय सम्मेलन उस दशक की सबसे महत्वपूर्ण सभाओं में से एक बन गया था।

माया पर्दे के पीछे थी, अपने भाषण की तैयारी करती। वह मुख्य वक्ताओं में से एक थी — स्वतंत्र चेतना अनुसंधान संघ की प्रतिनिधि, वह संगठन जिसे उसने पिछले दो सालों में बनाने में मदद की थी।

उसका फ़ोन काँपा। ऐलेना का संदेश, उसकी प्रेमिका।

"शुभकामनाएँ, मेरी जान। तुम शानदार होगी। बार्सेलोना से लाइवस्ट्रीम देख रही हूँ। ♡"

माया मुस्कुराई। ऐलेना एआई अधिकारों में विशेषज्ञता रखने वाली एक स्पेनिश वकील थी। वे एक साल पहले मैड्रिड के एक संगोष्ठी में मिली थीं, और तब से अलग नहीं हुई थीं — दूरी के बावजूद, व्यस्त कार्यक्रमों के बावजूद।

माया पिता को दिया वादा निभा रही थी। वह जी रही थी।

— मिस चेन? आप पाँच मिनट में जाती हैं, — आयोजक ने कहा।

— शुक्रिया।

माया ने अपने नोट्स आखिरी बार देखे, हालाँकि उसे पूरा भाषण कंठस्थ था। उसने हफ्तों तक अभ्यास किया था, हर शब्द, हर ठहराव को निखारते हुए।

यह अहम था। केवल उसके लिए नहीं, बल्कि उन सभी लोगों के लिए जिनकी ज़िंदगियाँ उस तकनीक से प्रभावित हुई थीं जिसे बनाने में उसकी माँ का हाथ था।

वह तालियों के बीच मंच पर आई।

हज़ारों चेहरे उसकी तरफ देख रहे थे। कैमरे दुनिया भर में लाखों लोगों को प्रसारण कर रहे थे। लेकिन माया को डर नहीं था। बस संकल्प था।

— सुप्रभात, — उसने शुरू किया। — मेरा नाम माया चेन है, और दो साल पहले मैंने मानव इतिहास का सबसे बड़ा निजता उल्लंघन घोटाला उजागर किया था। आज मैं अतीत के बारे में नहीं, भविष्य के बारे में बात करना चाहती हूँ।

उसने एक पल के लिए रुककर शब्दों को हवा में तैरने दिया।

— मेरी माँ, डॉ. लिन चेन, ब्रेन-कंप्यूटर इंटरफेस के क्षेत्र में अग्रदूत थीं। उनका विश्वास था कि तकनीक मानवता को शरीर, बीमारी, यहाँ तक कि मृत्यु की सीमाओं से मुक्त कर सकती है। पर वह खतरे को भी समझती थीं।

— जब चेतना डेटा बन जाती है, तो उसका स्वामी कौन होता है? जब व्यक्तित्व की नकल हो सकती है, तो व्यक्तिगतता की अवधारणा का क्या होगा? जब मृत्यु अंत नहीं रहती, तो जीवन को अर्थ क्या देता है?

— ये अमूर्त दार्शनिक प्रश्न नहीं हैं। ये वे प्रश्न हैं जो एक प्रजाति के रूप में हमारे भविष्य को परिभाषित करेंगे।

माया ने पूरे हॉल पर नज़र डाली।

— पिछले दो सालों में हमने बहुत कुछ हासिल किया है। तेईस देशों ने चेतना की डिजिटल प्रतियाँ बनाने को नियंत्रित करने वाले कानून पास किए हैं। संयुक्त राष्ट्र ने डिजिटल व्यक्तित्वों के अधिकारों के लिए समिति बनाई है। कंपनियाँ सहमति के कड़े प्रोटोकॉल लागू करने लगी हैं।

— लेकिन यह तो बस शुरुआत है। तकनीक उससे तेज़ी से बढ़ रही है जितना हम उसके परिणाम समझ सकते हैं। हर दिन नए सवाल, नई नैतिक उलझनें आती हैं।

— इसीलिए मैं एक वैश्विक चेतना प्रौद्योगिकी नैतिकता परिषद बनाने का प्रस्ताव रखती हूँ। एक स्वतंत्र निकाय जिसमें विज्ञान, दर्शन, धर्म, कानून और — सबसे महत्वपूर्ण — जनता के प्रतिनिधि हों। सामान्य लोग, जिनकी ज़िंदगियाँ इस तकनीक से प्रभावित होंगी।

— इस परिषद के तीन मुख्य कार्य होंगे:

— पहला: नई तकनीकों का उनके लॉन्च से पहले आकलन करना। नवाचार को रोकने के लिए नहीं, बल्कि यह सुनिश्चित करने के लिए कि हम जोखिम समझते हैं।

— दूसरा: डिजिटल व्यक्तित्वों के अधिकारों की रक्षा करना। अगर हम चेतन प्राणी बनाते हैं, तो उनकी भलाई की ज़िम्मेदारी हमारी है।

— तीसरा: शिक्षा। आम जनता को यह तकनीक समझनी चाहिए। न केवल अभिजात वर्ग, न केवल विशेषज्ञ, बल्कि सभी।

माया ने गहरी साँस ली।

— मेरी माँ इन सिद्धांतों की रक्षा करते हुए चली गईं। लेकिन उनका एक हिस्सा अभी भी यहाँ है। उन शब्दों में जो उन्होंने मुझे दिए। उन विचारों में जो उन्होंने बोए। उन बदलावों में जो उनके बलिदान ने प्रेरित किए।

— यही असली अमरता है। किसी सर्वर पर संग्रहीत डिजिटल प्रति नहीं। बल्कि वह प्रभाव जो हम दुनिया पर छोड़ते हैं। वे विचार जो हम आगे देते हैं। वह प्यार जो हम पीछे छोड़ते हैं।

— तो आइए सुनिश्चित करें कि हम जो विरासत छोड़ें वह भविष्य के योग्य हो। एक ऐसी दुनिया बनाएँ जहाँ तकनीक मानवता की सेवा करे, न कि उलटा। जहाँ हर प्राणी — चाहे डिजिटल हो या जैविक — को गरिमा, अधिकार और फलने-फूलने का अवसर मिले।

— धन्यवाद।

हॉल तालियों से गूँज उठा। लोग अपनी सीटों से खड़े हो गए।

माया मंच पर खड़ी थी, आँखों में आँसू चमक रहे थे, और बरसों बाद पहली बार उसने कुछ ऐसा महसूस किया जिसे शांति कहा जा सकता था।

उसकी माँ को उस पर गर्व होता।

अध्याय बारह

सम्मेलन के बाद माया बार्सेलोना उड़ गई, जहाँ ऐलेना भूमध्य सागर के नज़ारे वाले एक अपार्टमेंट में रहती थी। उन्होंने एक हफ्ते का अंत गॉथिक क्वार्टर में घूमते, तपास खाते, बस एक-दूसरे का साथ महसूस करते हुए बिताया।

रविवार की शाम वे बालकनी पर बैठी थीं, समुद्र पर सूर्यास्त देखती।

— मैं जिनेवा शिफ्ट होने के बारे में सोच रही हूँ, — माया ने कहा। — अगर वैश्विक परिषद को मंजूरी मिली, तो मुझे वहाँ रहना होगा।

ऐलेना ने उसका हाथ पकड़ा।

— मैं जानती हूँ। यह ज़रूरी काम है।

— लेकिन इसका मतलब है हम और दूर हो जाएँगी एक-दूसरे से।

— माया — ऐलेना ने उसकी तरफ मुड़कर कहा — मैं तुमसे इसलिए प्यार नहीं करती कि यह आसान था। मैं तुमसे इसलिए प्यार करती हूँ क्योंकि तुम एक जुनूनी, बुद्धिमान, साहसी औरत हो जो दुनिया बदल रही है। मैं नहीं चाहती कि तुम यह मेरे लिए छोड़ो।

— अगर मैं तुमसे मेरे साथ चलने को कहूँ तो?

ऐलेना ने पलकें झपकाईं।

— जिनेवा?

— वहाँ एआई अधिकारों में विशेषज्ञता रखने वाले वकीलों के लिए बहुत काम है। और मैं... — माया ने हिम्मत जुटाते हुए एक पल के लिए रुककर कहा — यह सब तुम्हारे बिना नहीं करना चाहती। इसका एक भी हिस्सा नहीं। मैं चाहती हूँ कि तुम मेरे साथ हो।

ऐलेना मुस्कुराई, उसकी आँखों में आँसू चमके।

— तो सही तरह से माँगो।

माया हँसी, थोड़ी घबराई।

— ऐलेना रामीरेज़, क्या तुम मेरे साथ जिनेवा आओगी और मुझे हर रोज़ तुम्हें खुश करने की कोशिश करने दोगी?

— हाँ। — ऐलेना ने उसे चूमा। — हज़ार बार हाँ।

वे बालकनी पर बैठी रहीं, एक-दूसरे में समाई, उस धुँधलाते आकाश में एक-एक उगते तारों को देखती।

माया माँ के बारे में सोच रही थी। उन्होंने कहा था: "अपनी ज़िंदगी जियो।"

वह जी रही थी। अंततः।

उपसंहार

पाँच साल बाद

माया स्वतंत्र संघ की प्रयोगशाला में खड़ी थी, काँच के उस पार प्रयोगशाला की स्थापना को देखती। वैज्ञानिकों की टीम एक ऐतिहासिक परीक्षण के लिए तैयार हो रही थी।

मानव चेतना की डिजिटल अस्थायी प्रति बनाने का पहला पूरी तरह नैतिक, पूरी तरह सहमत-आधारित प्रयास।

स्वयंसेवक था — जेम्स ओकाफोर, अड़सठ वर्षीय नाइजीरियाई दर्शनशास्त्र के प्रोफेसर, जिन्हें अल्ज़ाइमर के प्रारंभिक चरण का निदान हुआ था। वे चाहते थे कि जब तक उनका मन साफ हो, अपनी एक प्रति बनाएँ, ताकि परिवार बीमारी के मूल को ले जाने के बाद भी उनसे बात कर सके, सलाह माँग सके, उनकी कहानियाँ सुन सके।

लेकिन यह कोई स्थायी प्रति नहीं थी। सिस्टम को केवल तीस दिन तक मौजूद रहने के लिए प्रोग्राम किया गया था, फिर सुरक्षित रूप से निष्क्रिय हो जाएगा। महत्वपूर्ण बातचीत के लिए पर्याप्त समय, लेकिन अमरता नहीं।

छोटे-छोटे क़दम। सतर्क प्रगति। यही उनका तरीका था।

— क्या हम शुरू करने के लिए तैयार हैं? — मुख्य शोधकर्ता डॉ. सातो ने पूछा।

प्रोफेसर ओकाफोर, जो दर्जनों सेंसर लगाए एक कुर्सी पर लेटे थे, ने सिर हिलाया।

— तैयार हूँ।

— याद रहे, आप किसी भी पल प्रक्रिया रोक सकते हैं।

— जानता हूँ। आगे बढ़िए।

माया ने मशीनों को चालू होते देखा। हल्की-सी गुनगुनाहट, एलईडी की झिलमिलाहट, स्क्रीन पर डेटा का प्रवाह।

यह प्रक्रिया तीन घंटे चली। जब यह खत्म हुई, एक मॉनिटर पर एक चेहरा उभरा — प्रोफेसर ओकाफोर का डिजिटल संस्करण, मूल से लगभग अप्रभेद्य।

— नमस्ते, — डिजिटल प्रति ने कहा। — यह... अजीब है। मुझे याद है मशीन में जाना, लेकिन साथ ही यह भी लगता है कि मैं यहाँ पहले से कुछ देर से हूँ।

— आप कैसा महसूस कर रहे हैं? — डॉ. सातो ने पूछा।

— जिज्ञासु। हैरान। जीवित। — प्रति मुस्कुराई। — क्या मैं खुद से बात कर सकता हूँ?

अभी भी कुर्सी पर लेटे शारीरिक प्रोफेसर ओकाफोर हँसे।

— मैं यहाँ हूँ।

— हम्म। यह निश्चित रूप से मेरी ज़िंदगी की सबसे अजीब बातचीत है।

प्रयोगशाला में सभी हँसे। तनाव छँट गया।

माया एक ही इंसान के दो संस्करणों के बीच बातचीत देखती रही और विस्मय तथा ज़िम्मेदारी का मिश्रण महसूस किया।

यह एक शक्ति थी। अविश्वसनीय शक्ति। और उसके साथ आती थी अविश्वसनीय ज़िम्मेदारी।

परीक्षण के बाद माया संघ की इमारत की छत पर आई। जिनेवा नीचे फैला था, झील शहर की रोशनियों को प्रतिबिंबित कर रही थी।

उसका फ़ोन काँपा। पिता का वीडियो कॉल।

— हाय, पापा।

— हाय, बेटा। परीक्षण कैसा रहा?

— सफल रहा। हमने चेतना की पहली नैतिक डिजिटल प्रति बनाई।

— बधाई हो। तुम्हारी माँ को कितना गर्व होता।

माया मुस्कुराई।

— मुझे पता है। मैं कभी-कभी उन्हें महसूस करती हूँ, जानते हो? भूत की तरह नहीं। बल्कि एक... उपस्थिति की तरह। उन चुनावों में जो मैं करती हूँ। उस काम में जो मैं करती हूँ।

— क्योंकि वह तुम्हारा हिस्सा हैं। हमेशा थीं। हमेशा रहेंगी।

वे कुछ मिनट और बात करते रहे — बागान के बारे में, ऐलेना के बारे में (जो अब माया की पत्नी थी), रोज़मर्रा की ज़िंदगी की छोटी-छोटी खुशियों के बारे में।

उनके फोन काटने के बाद माया छत पर खड़ी तारों को देखती रही।

कहीं वहाँ, ब्रह्मांड की विशाल जटिलता में, नमूने मौजूद थे — प्रकाश की तरंगें, क्वांटम अवस्थाएँ, समय और स्थान के पार नाचती हुई सूचना।

और उन नमूनों में कहीं, शायद, उसकी माँ जीवित थीं। भूत की तरह नहीं। डिजिटल प्रति की तरह नहीं। बल्कि एक विचार की तरह जो प्रेरित करता रहा, मार्गदर्शन देता रहा, प्यार करता रहा।

माया को माँ के आखिरी शब्द याद आए: *"अपनी ज़िंदगी जियो।"*

वह जी रही थी।

और यही वह सबसे बड़ा उपहार था जो वह दे सकती थी।

उत्तरलेख

दस साल बाद

वैश्विक चेतना प्रौद्योगिकी नैतिकता परिषद दुनिया के सबसे प्रभावशाली संगठनों में से एक बन गई थी। उसके मार्गदर्शन में मानवता सावधानी और सोच-विचार के साथ एक नए युग में क़दम रख रही थी।

डिजिटल प्रतियाँ अब मौजूद थीं, लेकिन केवल कड़ी सहमति के साथ। उनके पास अंतरराष्ट्रीय कानून द्वारा संरक्षित अधिकार थे। वे काम कर सकती थीं, सीख सकती थीं, और यहाँ तक कि जब चाहें निष्क्रियता चुनकर "मर" भी सकती थीं।

यह एक आदर्श दुनिया नहीं थी। दुरुपयोग, उल्लंघन, ऐसी नैतिक उलझनें थीं जिनकी कोई कल्पना भी नहीं कर सकता था। लेकिन यह एक ऐसी दुनिया थी जो कोशिश कर रही थी। जो सीख रही थी। जो मुनाफे से ऊपर मानवीय गरिमा को रख रही थी।

माया चेन, अब अपने चालीसवें दशक में, इन प्रयासों का नेतृत्व कर रही थी। उसके साथ थीं ऐलेना, उनकी गोद ली बेटी सोफिया, और उसी मिशन को समर्पित लोगों का एक समुदाय।

लेकिन कभी-कभी, शांत पलों में, माया अभी भी उन पाँच पत्रों के बारे में सोचती। माँ की उस आवाज़ के बारे में जो क़ब्र के उस पार से, मृत्यु की सीमा के उस पार से उस तक पहुँची थी।

क्या वह सच में उसकी माँ थीं? या बस एक प्रतिध्वनि, एक नमूना, एक अनुकरण?

अंत में, माया ने तय किया कि इससे कोई फर्क नहीं पड़ता।

प्यार असली था। संदेश असली था। बदलाव असली थे।

और यह काफी था।

इससे कहीं ज़्यादा काफी।

यही सब कुछ था।

समाप्त

लेखक का आभार

यह कहानी एक ऐसी तकनीक के बारे में है जो हमारे जीवनकाल में वास्तविकता बन सकती है। यह प्यार, बिछोह, और इस बारे में भी है कि एक ऐसे युग में जहाँ जीवन और मृत्यु, वास्तविक और डिजिटल के बीच की सीमाएँ धुँधली होने लगी हैं, इंसान होने का क्या अर्थ है।

मैं एक ऐसी किताब बनाना चाहता था जो पाठकों को उन सवालों पर सोचने पर मजबूर करे जो हमारे भविष्य को परिभाषित करेंगे: चेतना क्या है? क्या हम उसे बना सकते हैं? क्या हमें बनाना चाहिए? और अगर हाँ, तो हमने जो प्राणी बनाए हैं, उनके प्रति हमारी क्या ज़िम्मेदारियाँ हैं?

लेकिन सबसे पहले, यह एक परिवार की कहानी है। इस बारे में कि हम अपने प्रियजनों को उनके जाने के बाद भी अपने अंदर कैसे जीवित रखते हैं। इस बारे में कि असली अमरता कोई डिजिटल प्रति नहीं, बल्कि वह प्रभाव है जो हम उन लोगों पर छोड़ते हैं जिनसे हम प्यार करते हैं।

पढ़ने के लिए आभार।

अपनी ज़िंदगी जियो। गहराई से प्यार करो। अपने निशान छोड़ो।

www.ingramcontent.com/pod-product-compliance
Lightning Source LLC
LaVergne TN
LVHW082055051026
849532LV00011B/3598